KB066492

빛과 음악 사이의 가수 김국환

회복하는

2017 전국 장애인

Kim.gook.hwan
story of mine

KIM KOOK HWAN
story of mine

Been
a year

Kim Kuk Hwan
3rd Story..

네 바퀴의 꿈
볼 수 없기에
꿈을 만져야 해
The 4th story
Kim Kuk Hwan

?

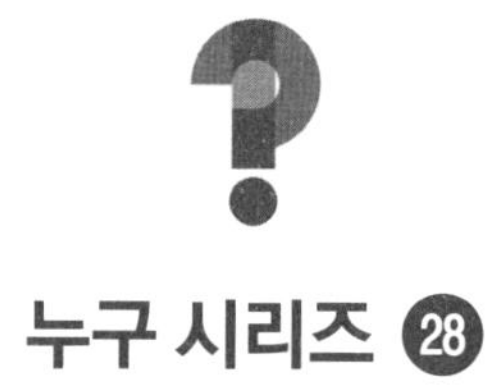

누구 시리즈 ㉘

빛과 음악 사이의 가수 김국환 - **누구 시리즈 28**
김국환 지음

초판1쇄 발행 2023년 11월 1일

지은이 김국환
펴낸이 방귀희
펴낸곳 도서출판 솟대
등 록 1991년 4월 29일
주 소 서울시 금천구 서부샛길 606, 대성지식산업센터 b동 2506-2호
전 화 02)861-8848
팩 스 02)861-8849
홈주소 www.emiji.net
이메일 klah1990@daum.net

값 12,000원

ISBN 978-89-85863-98-8 03810

주최 사) 한국장애예술인협회

후원 문화체육관광부 한국장애인문화예술원 Korea Disability Arts & Culture Center

빛과 음악 사이의 가수 김국환

김국환 지음

하루를 노래로 시작하며, 무대를 기다리다

여는 글

내 삶은 노래로 특별해졌다

나는 음악을 전공한 것도 아니고, 타고난 천재성이나 유별난 재능을 가진 사람도 아니다. 단지 '나는 음악을 하면서 살아갈 거 같다.'라는 막연한 생각을 품고 어린 시절을 보내왔을 뿐이다.

나의 업을 정의하자면 '예술인'이고, 더 세부적으로 들어가면 대중음악 가수이다. 노래를 부르러 공연장에 가고, 다시 가족이 있는 일상으로 돌아오는 삶이 나의 전부이다. 그러다 보니 어느덧 내 인생 많은 부분에 음악이 들어와 있었다.

나는 음악을 좋아하는 수많은 사람들 중 한 사람이다.

음악을 업으로 하는 것은 나에게 행운이고, 음악을 함께하는 동료들이 있다는 것도 큰 행복이다.

사람들은 저마다 삶을 마주하는 태도를 음악 속에 담는다.

음악을 통해 여러 사람들의 정서를 접하다 보면 나의 감정도 함께 풍부해진다.

누군가는 음악이 세상의 아름다움과 슬픔을 동시에 표현할 수 있는 예술이라고 표현했다.

어떤 사람들에게는 음악이 어두운 밤에 마음을 밝히는 별빛이 되고, 때로는 활력이 넘치고 행복이 가득한 상태로 이끈다.

때로는 깊은 슬픔을 위로해 주고, 공감해 주는 수단이 되기도 한다.

나의 노래도 그 안에 들어가고 싶다.

TV에 출연하고 나서 한동안 '시각장애인 가수'라는 호칭이 생겼다. 조금은 부담스러웠지만 사람들에게 자연스럽게 인식되는 과정이라 생각한다.

내가 노래를 부를 때 사람들이 선입견 없이 다가오는 것을 느낀다.

음악은 마음을 울리기 때문이다.

내 삶은 노래로 특별해졌다.

나의 노래를 들어준 사람들, 노래를 통해 소통한 사람들, 앞으로 마주할 사람들.

힘과 용기가 되어 준 모든 사람에게 감사한 마음뿐이다.

2023년 무더위 어느 날

뮤지션 김국환

차례

평범하지만 행복하게

...

일부 사람들은 장애예술인에 대해 편견이 있는 것 같다.

그것은 예술에 대한 천재성이나 탁월한 재능을 타고났을 거라는 생각이다. 실제로 그런 사람들도 있을 수 있지만, 적어도 나는 매우 평범한 사람이다.

시각장애를 가지고 태어나 맹학교에서 학창 시절을 보냈다.

내게 장애는 특별한 게 아니었고, 가족과 친구들과의 일상도 화목하고 평화로웠다.

10대 시절 음악이 좋아 여러 노래를 접하고 따라 부르기 시작했을 때, 진로에 대해 고민하고 미래에 대해 막연한 상념에 잠기기는 했다.

그러나 평범한 학창 시절을 보내고 있는 나에게는 굴곡진 사건이나 드라마틱한 스토리가 있을 리 없다.

유독 노래 부르기를 좋아하고, 시간 가는 줄 모르고 음악을 듣다가 흥얼거리는 내 모습이 조금 특별했을까? 그런 모습들이 어린 시절 대부분을 차지했던 것 같다. 이것 역시 음악을 좋아하는 다른 사람들과 크게 다르지 않았을 것이다.

지하철이나 버스에서 음악을 듣고 있다 보면 나처럼 사색에 빠진 사람들이 느껴진다. 생각해 보니 사람들은 평화롭게 음악을 들으면서 저마다 다채로운 이미지를 그려 내고 있던 거 같다.

나도 그랬다. 상상 속에서 나는 가수와 연주자를 오고 갔다. 그날그날 기분에 따라 가사와 음을 내 마음대로 바꿔 나갔다.

나의 상상은 장면 하나하나를 세밀하게 채운다.

무대 뒤에서 호흡을 가다듬으며 긴장하는 모습, 무대로 걸어가는 길, 무대 위에서 느끼는 관객들의 시선, 침묵을 깨뜨리고 첫 음을 내뱉는 순간 공간을 가득 채우는 내 목소리, 나와 호응해 주는 사람들, 그리고 나를 바라보는 각양각색의 표정들, 노래가 끝난 뒤의 침묵, 길게 이어지는 박수.

모두 상상 속에서 처음 경험했다. 참 대책 없는 공상이었다.

소망을 오래 간직하면 언젠가는 이뤄질 것 같았다. 꼭 큰 무대가 아니더라도 내 머릿속을 노래로 채운다면 나는 누구보다도 음악과 가까운 삶을 살아갈 것이라 생각했다.

적막한 밤하늘에 떠 있을 별을 상상하며, 들려오는 멀리서의 음악, 조용한 공원에서 부는 바람의 휘파람, 모두가 내 마음에 닿는 고요한 멜로디였다.

그리고 그런 소리들에 귀를 기울이면서 점점 더 내 안에 쌓여 가는 음악에 대한 소망이 커져 갔다. 그 소망은 언젠가는 반드시 이뤄질 것이라는 확신으로 바뀌었다.

그렇게 '내 인생은 음악으로 채워질 거 같다.'는 막연한 생각만 간직하며 나는 10대 시절을 보내고 있었다.

맹학교 친구들

...

나는 기숙사 생활을 하며 맹학교에 다녔다.

24시간 내내 친구들과 함께 생활하다 보니 친구들은 우정을 넘어 가족과도 같은 존재였다. 고등학교 시절 학교에서의 오락거리라고는 운동과 음악 활동이 대부분이었다.

악기를 제법 잘 다루는 친구들을 따라 음악실에서 노래를 부르며 놀다 보면 어느새 하루가 다 지났다.

클래식 악기들이 싫증이 날 즈음 친구들과 처음 노래방에 가기 시작했다. 버튼만 누르면 바로 나오는 반주음에 맞춰 친구들과 열심히 노래를 불렀다

친구들과 목이 쉴 정도로 노래를 부르다가 앓는 소리를 하면서 기숙사로 돌아가곤 했지만, 며칠 지나지 않아 우리는 다시 또 노래방을 찾았다.

교내가요제를 준비한다는 핑계로 노래방을 더 빈번하게 다녔을

때였다. 친구들 대부분이 당시 유행하는 발라드 노래에 심취해 있었고, 나 또한 그랬다.

유독 한 친구만 여러 장르를 넘나들며 노래를 불렀는데 그 모습이 꽤 멋있어 보였다.

"난 모든 장르의 노래를 불러 볼 거야."

당시 친구의 말이 신선하게 와닿았다. 다른 친구들에게는 조금 거슬리는 노래였지만 그 친구는 음악을 즐겼다.

가요제 당일 나와 친구들은 누구나 아는 대중가요를 불렀고, 그 친구만 파격적인 노래를 선보였다. 웬만하면 장려상이라도 주는 행사였는데… 그 친구는 상을 받지 못했다. 하지만 내 기억 속에 누구보다도 음악을 멋지게 즐기는 사람으로 남아 있다.

교내가요제가 끝나고도 새로운 이유를 만들어 노래방에 몰려 다녔다. 그 시절 우리들은 젊은 기운을 모조리 그곳에 쏟아부었다.

"애들아, 나중에 노래방이나 차리자. 노래나 계속 부르게."
"차라리 그냥 한 대 사!"
"이런 건 얼마나 할까?"
"여기서 아르바이트 써 줬으면 좋겠다."
"진짜 나중에 돈 많이 벌어서 한 대 사 버리자, 돌아가면서 쓰는

을 회복하는

걸로?"

언젠가 그 시절의 에너지를 다시 느껴 볼 수 있을까?

돌이켜 보면 참으로 빛이 나는 시절이었다.

그리고 그곳은 텁텁하고 매캐한 공간이었지만 마냥 순수하기만 했던 젊은 우리의 에너지로 가득 차 있었다.

제대로 잘 한다는 것

…

어느 날 한 친구가 자신은 공부하기가 너무 싫다며 투정을 부렸다. 나는 그런 당연한 소리를 왜 하냐며 음악이나 듣자고 이어폰 한 쪽을 건넸다. 나도 그 친구처럼 공부에는 통 관심이 없었다. 수업은 당연히 듣는 둥 마는 둥이었다.

그 무렵의 나는 노래에 몰두하며, 마치 세상 전체가 나의 노래를 향해 움직이는 듯한 착각에 빠져 있었다. 한번은 안마수업 실습시간에 혼자서 리듬을 읊조리다 지적을 받은 일이 있었다.

"김국환, 상부 승모근이 피로한 사람은 어떤 불편감이 생기지?"
"음… 잘 모르겠습니다."

수업 내내 딴 생각을 했으니 제대로 된 대답을 할 리 없었다. 그런데 공부가 너무 싫다던 친구가 옆에서 대답을 거들었다.

"단축성 긴장으로 이어지는 거 아닌가요?"
"맞아. 김국환 너는 이 기본적인 걸 몰라?"

선생님은 예전부터 내가 음악에만 심취해 있다는 걸 알고 계셨다.

"실력을 갖추지 않으면 사람들이 불편해해. 대충 만들어진 미숙한 음악도 지금처럼 즐겁게 들을 수 있을까? 지금 해야 할 것부터 열심히 해. 그러고 나서 놀던지 말던지 해."

아무 말도 못하고 창피해하자 친구가 옆에서 깐족거렸다.

"선생님, 국환이는 지금 열심히 쪽팔려 하고 있습니다!"

나중에 친구가 말하기를 이어폰으로 들려주었던 노래가 좋아서 계속 들으면서 공부와 운동을 했단다. 집중이 잘 되어서 좋았다고 하며 이렇게 말했다.

"난 너도 그러는 줄 알았어. 진짜 음악만 듣고 있었던 거야?"

친구는 선생님 못지 않게 잔소리를 하였다.

"네가 무슨 평론가냐 노래만 듣게. 할 건 하고 살아."
"야 누가 그래? 나도 할 건 다 해."
"뻥치고 있네. 수업 시간에 다 뽀록났으면서."
"아니 그건 정말 생각이 안 나서 그랬던 거고."
"웃기시네, 선생님이 한 열 번은 말했던 건데?"

이 친구의 입을 어떻게 다물게 할까 고민해 봤지만 인정할 건 인정할 수밖에 없었다. 친구의 말은 부정할 수 없는 사실이었다. 내가 음악에만 취해 있는 것은 무언가 결핍되어 있다는 것을 의미했다.

그날 이후로 나는 진지한 태도로 수업 시간에 임했다. 좀 더 학생다워졌다고 해야 할까, 선생님으로부터 같은 지적을 받는 것도 싫었고, 이전의 내 모습이 창피했기 때문이었을 것이다.

이전의 내가 그저 놀기 위해 학교에 온 것 같았다면 이제는 진정으로 배우고자 하는 학생의 모습으로 바뀐 것이다.

즐거움만을 찾던 이전의 나로부터 이런 변화는 대단히 중요했다.

선생님도 나의 변화를 알아채셨는지, 유독 나를 대상으로 질문을 하시며 계속 새로운 동기를 부여해 주셨다. 그렇게 맹학교에서 배운 수업들은 내 삶의 기초가 되었다.

맹학교를 졸업하고

…

맹학교 졸업을 앞두고 우리들은 생각이 많아졌다. 당시에는 장애인 학생이 전공할 수 있는 분야 선택의 폭이 좁았다. 그럼에도 불구하고 다양한 꿈을 품고 노력하는 친구들도 있었다. 사회복지 전공을 선택해서 장애인복지 현장에서 일하려는 친구도 있었고, 특수교육이나 재활 분야에 관심을 두는 친구도 있었다. 체육선수를 꿈꾸는 친구, 미대에 가고 싶어 하는 친구도 있었다.

그러나 대부분은 선생님이나 부모님의 의견과 자신의 의지를 잘 구분하지 못하는 것 같았다.

나도 고민이었다. 신나게 노래 부르며 친구들과 어울린 기억들로 채워진 맹학교 생활을 마쳐야 한다는 아쉬움과 함께 미래에 대한 걱정이 한꺼번에 밀려왔다. 내가 진심으로 원하는 건 여전히 노래라는 생각뿐이었다. 그럼에도 불구하고 주변 사람들의 조언에 따라 대학에 진학했다. 그것이 내 인생에서 가장 현명한 길이라고 믿을

수밖에 없었다. 그러나 내가 진정으로 원하는 것이 무엇인지, 또 그것을 이루기 위해 어떤 일을 해야 하는지에 대한 명확한 개념이 부족했다.

결국 대학을 그만두고, 자연스레 선배들이 활동하고 있는 안마사 일에 발을 내딛게 되었다. 안마사 일이 고달프거나 어렵지는 않았다. 오히려 수입이 생기기 시작하니 경제적 문제를 해결하고, 음악에 심취할 수 있는 환경이 되어서 좋았다.

맹학교를 졸업한 지 어느새 몇 개월이 흐르고 친구들이 다시 한자리에 모였다. 다들 말은 안 하고 있었지만 새로운 환경에서 적응하는 것이 마냥 즐겁지는 않은 눈치였다. 추억을 꺼내며 수다를 나누던 중 누군가 한 명이 물었다.

"나중에 뭐 할래?"

질문에 침묵이 흘렀다. 그리고 아무도 질문에 답하진 못했다. 각자의 꿈을 이루기 위한 길은 아직도 불투명했고, 또 두려움도 있었다. 그 묵직한 질문 앞에서 우리들은 조용히 응원하는 마음만 나누었다.

그리고 어떤 길을 걷더라도, 어떤 어려움에 부딪히더라도, 우리는 서로를 이해하고 지지해 주는 친구들이라는 사실을 잊지 말자고 했다. 그날, 우리는 아직 앞날이 불투명함에도 불구하고, 꿈을 향해 나아가는 길을 함께 걷기로 약속했다.

노래로 채워지고 있는 삶

...

나는 안마사 일을 하며 살아가고 있었지만, 삶의 의미를 자각하거나, 주체적으로 살아가는 어른은 아니었다. 그저 열심히 주어진 일을 묵묵히 해냈다.

안마사로 일하면서 접한 손님들은 시각장애인에 대한 이해가 높았다. 간혹 나에 대해 이것저것 물어보는 사람도 있었다.

"앳돼 보이는데 학생이에요?"

"아니요. 맹학교 졸업한 지 몇 년 되었어요."

"그렇구나. 눈은 언제부터 안 보였어요?"

"어렸을 때부터요. 압은 괜찮으세요?"

질문이 끝나지 않을 것이 뻔했기에 대화의 흐름을 전환하려고 안마가 센지 약한지 적당한지를 물어봤지만 질문은 이어졌다.

"어렸을 때면 몇 살 때부터?"
"제가 태어날 때부터요. 선천성 장애라고 전해 들었어요."
"저런…."

장애인에 대한 무례한 질문일 수 있으나 대부분 정이 많은 사람들이었다. 젊은 시각장애인 안마사에 대해 안쓰럽게 생각하는 마음이 이해가 됐다. 그래서 크게 당혹스럽거나 기분 나쁘지는 않았다.

"힘들지 않아요? 너무 힘쓰지 말고 해 줘요. 힘들면 쉬었다 해도 되고."

맹학교에서 이골이 날 정도로 쌓은 안마 실력이란 것을 사람들은 잘 모른다. 그 선한 마음씨에 화답하느라 더 열심히 해 주게 된다.

"많이 하다 보니까 괜찮습니다. 제가 열심히 해야 효과가 생기죠."
"아이고 고마워라."

이렇게 안마사가 힘들까 봐 걱정해 주고 열심히 해 주면 고맙다고 인사해 주는 손님도 있지만 아주 드물게 무례한 손님도 있었다. 남자가 안마 일 오래할 수 있겠냐, 수입이 적지 않냐, 시각장애인은 결혼하기 힘들지 않냐 등등 예의 없는 질문을 끝없이 하는 사람도 있었다. 그러나 일을 하다 보니 사람들을 상대하는 요령도 생겼다. 그래서 손님이 듣고 싶어 하는 대답을 해 주거나 '손님의 생각은 어떠세요?'라고 질문하면 대부분 덕담으로 이어졌다.

그렇게 일을 하며 번 돈으로 앨범을 사서 노래를 들을 때 뭔지 모를 자유가 느껴졌다. 부모님의 용돈으로 카세트테이프를 사서 듣던 학창 시절과는 다른 기분이 들었다. 내 힘으로 돈을 벌고 그것으로 내가 하고 싶은 일을 하니 진짜 어른이 되는 거 같았다.

일을 할 때는 학생 시절보다 시간적 여유가 많았다. 맹학교에서처럼 빼곡히 정해진 일상이 없었기에 사색하는 시간도 많아졌다. 정리되지 않은 생각이 내 머릿속을 오갔다. 그래서인지 이전까지는 의무적으로 다녔던 교회가 내 삶 안으로 깊게 들어와 있었다.

나는 교회에서 찬양대 활동을 했는데, 신도들의 배려로 찬양대에서 중심적인 역할을 했다. 찬양대의 일원으로 사람들과 호흡을 맞추다 보면 배우는 것도 많았다.

성숙한 사람들 곁에서 나도 내 안의 감정을 차분하게 바라보고 절제하고 있었다.

어쩌다 삶의 어두운 부분을 마주하더라도 찬양대 안에서 금세 회복할 수 있었고, 찬양대 일원으로 교회 안에 있는 동안에는 마치 견고한 갑옷에 둘러싸인 것과 같은 안락함을 느꼈다.

찬양대 활동이 계기가 되어 장애인으로 구성된 CCM 앨범 제작에도 참여하게 되었다.

음반이 완성되고 들뜬 기분에 친구들에게 마구잡이로 나눠 준 기억이 있다.

"자, 앞으로 열심히 듣도록 해!"

"나 기독교 아닌데."

"상관없어. 그냥 들어."

"나중에 인기가요에 출연하면 들어줄게."

"그건 나중에."

"그럼 그때까지 넣어 둬. 나중에 들어줄게."

"그때 되면 다른 노래가 생길 거야."

"참, 국환이 꿈도 야무지다."

노래를 만드는 즐거움

…

작사를 한다는 것을 한마디로 표현하자면, 준비 없이 시험을 치르는 기분이라고 할 수 있을 것 같다.

이런 가사는 진부하지 않나? 이런 표현이 맞는 건가? 이렇게 스스로를 미심쩍어하며 썼다 지웠다를 반복한다. 가까스로 완성된 가사를 친구에게 보여 주면 좋은 평을 받지 못했다.

"야, 너 논설문 쓰냐? 뭔 가사를 이렇게 어렵게 써 놔?"

친구의 말이 비수가 되어 얼른 내용을 고쳐 다시 보여 주면 친구는 더욱 야박한 평을 쏟아 냈다.

"그냥 원래 것이 더 낫다!"

"그럼 처음 걸로 할까?"

"아니 처음 게 낫다는 거지 좋다는 말이 아냐. 나한테 얘기하듯이

자연스럽게 써 봐."

"아, 어렵다."

"너 어제 나랑 노래방 갔지?

"응."

"거기 아르바이트 누나 목소리 예뻤지?"

"그렇지?"

"그 마음을 그대로 적어."

"아… 그게 쉽냐? 네가 한번 예시로 써 봐."

"난 그 누나 별루여서 감흥이 없어. 너나 써."

친구의 어설프고 얄미운 조언을 받아들여 여러 번 가사를 고쳐 보지만 대개는 완성이 되지 않았다.

하지만 밥을 먹을 때, 샤워를 할 때, 잠자기 전 문득문득 생각이 떠올랐다. 머릿속으로 내용을 조합하고 다듬다가 잠이 든 적도 있다. 그런 날은 꿈에서도 작사를 한다. 신기한 건 그 가사에 맞는 리듬까지 꿈 속에 등장한다는 것이다. 잠에서 깨어 꿈속 내용을 잊어버리지 않으려 음을 흥얼거리고 녹음을 해 둔다.

지금 보면 많이 다듬어야 할 곡이었지만 당시에는 나 스스로가 대견하다고 생각했다.

"내가 어제 꿈에서 음이 떠오르더라. 그래서 만들어 봤는데 한번 들어 봐!"

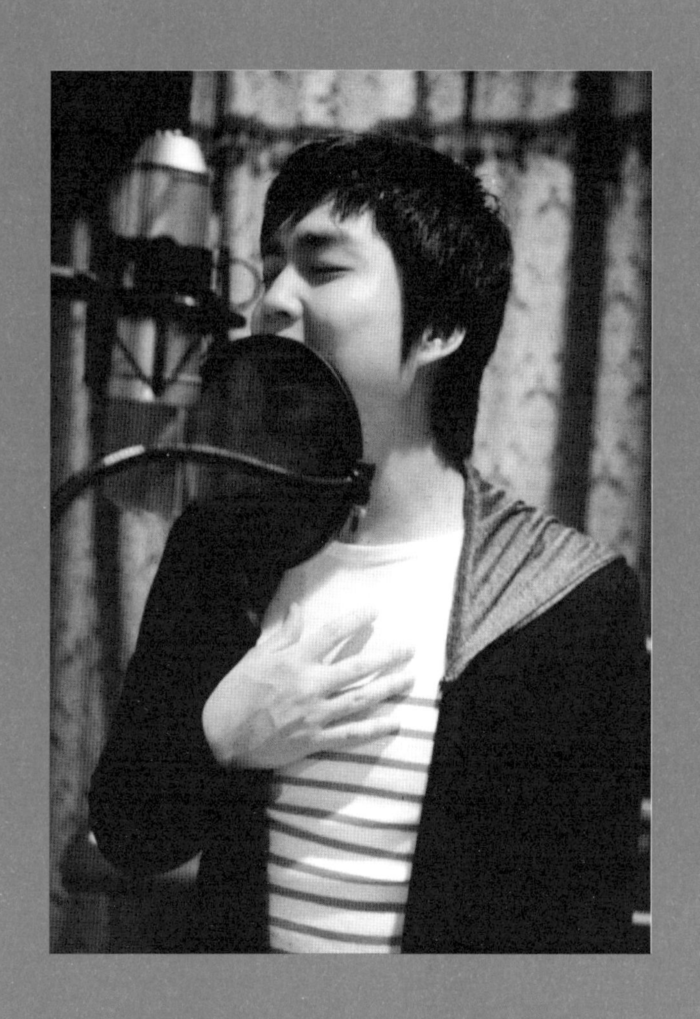

친구는 내가 녹음해 가지고 온 걸 잠자코 듣는다. 친구는 정말 열심히 들었다. 나는 친구가 무슨 말을 할지 가슴 두근거리며 기다렸다.

"이거 니가 만든 거 맞아?"
"내가 만든 건데… 진짜 꿈에서 떠올랐어."
"죽어라 한 곡 만들어 놓고, 뚝딱 만든 척은."

가끔 의욕이 생기지 않을 때면 나는 이때의 기억을 떠올린다. 일상생활에서 생각을 반복하다 보면 무의식중에서도 악상이 떠오를 때가 있기 때문이다.

하지만 이런 행운은 자주 있는 일이 아니다. 대부분은 머리를 쥐어 짜도 결과물이 나오질 않아서 괴롭기 마련이다.

그럼에도 불구하고, 그 짧지만 강렬한 창조의 순간들이 순수한 즐거움과 행복을 안겨 준다. 그리고 그 경험들이 계속 누적되어 나 자신이 더 노련해지고 있음을 느끼게 된다.

사람들에게 알려지며

...

교회 찬양대 활동을 하는 모습을 각별하게 지켜봐 준 한 지인이 나에게 오디션 프로그램에 참여해 보라고 권유했다.

그 프로그램이 바로 〈슈퍼스타K〉였다.

당시에는 단순히 재미있겠다 싶어 흔쾌히 참여해 보겠다고 했다. 함께 오디션을 준비한 팀원들과는 '여기에서 떨어지면 연습한 노력이 아까우니 〈전국노래자랑〉에도 나가 보자.'며 유쾌하게 농담을 주고받았다.

그런데 덜컥 예선을 통과해 버렸다.

지금도 나는 〈슈퍼스타K〉에 출연한 시각장애인 가수로 사람들에게 기억되고 있다.

예선에만 70만 명의 사람들이 참여했고 시청률도 높았다. 당시 내가 느낀 부담감을 표현하자면, 축구경기장 한가운데서 관중의 주목을 받으며 골대 앞에 선 상황으로 비유할 수 있을 것 같다. 관중들은 헝그리 정신과 천재적인 재능을 모두 보고 싶어 했다.

그 당시 많은 언론에서 2009년에 〈슈퍼스타K〉에 출연한 시각장애 도전자를 소개하였는데 그 내용을 정리하면 다음과 같다.

- 2009년 〈슈퍼스타K〉를 통해 대중의 관심을 받으며 가수로 정식 데뷔한 김국환은 어렸을 때부터 노래부르기를 좋아했다. 잘 한다기보다 열심히 즐기면서 했는데 친구들과 자주 노래방에 가서 점점 가수의 꿈을 키우게 되었다.

〈슈퍼스타K〉라는 프로그램에 출연하게 된 계기는 같은 교회에 다니는 사람의 추천에 의해서였다. 그 역시 시각장애인이었는데 프로그램의 PD와 친분이 있던 터에 사회적 약자들에게 출연 기회를 주고 싶다는 취지를 전해 듣고 바로 김국환에게 제의를 하였다. 가요제에 출연해 본 적이 있었기에 그는 평범한 가요제인 줄 알고 승낙을 해 방송 첫 회에 출연하게 되었다.

그는 좋아하는 노래를 마음껏 불렀고 그 마음이 전해져 본선 진출이라는 결과를 얻을 수 있었다. 합숙 미션 때가 특히 기억에 남는데 그때 함께했던 '여인천하' 친구들에게는 아직도 고마운 마음이 가득하다. 자신과 한 팀을 하기 위해서는 댄스를 과감히 포기해야 했는데도 함께 연습하고 화음을 맞출

김국환

김국환

수 있었던 순간은 처음으로 비장애인들과 같은 조건에서 경쟁한다는 것 자체로도 귀한 경험이었다. -

본선 진출 소감을 물었을 때 나는 이렇게 대답했다.

"감사히도 어린 시절 꿈을 이루었습니다. 이루려고 했다기보다 차마 놓을 수 없었던 꿈인데 놓을 수 없어서 계속 도전하고 그러다 보니 기회도 주어지고 즐겁게 했던 것이라서 잘 이룰 수 있었던 것이 아닌가 싶습니다.

꿈을 이뤘으니 앞으로 더 열심히 해서 가수라는 이름에 부끄럽지 않은, 다른 이들에게 희망을 줄 수 있는 노래를 하고 싶습니다. 그것도 놓지 않으면 이루어질 거라 믿습니다.

많은 분들이 어려운 상황에서도 할 수 있다는 희망을 얻으시길 바랍니다."

나는 내가 잘하는 건지 못하는 건지도 모르고 이리저리 휩쓸리며 땀을 흘렸다. 당시 부모님은 방송에 나온 아들의 모습을 대견해하시면서도 한편으로 걱정하셨다.

"교회 사람들처럼 세상 사람들 모두 다 너를 관대하게 바라보는 게 아니다."

부모님은 인생을 살아오시면서 희로애락의 어느 한 가지만 지속될 수 없다는 것을 내게 늘 당부하셨다. 다행히 사람들의 관심은 쉽게 조용해졌다.

TV에 출연한 덕분에 기억에 남는 일들도 많이 생겼다. 한번은 모르는 번호로 전화가 온 적이 있었다.

"너 가수 됐다며. 잘됐다. 나 결혼하거든."
"…누구세요?"
"축가를 부를 수 있는 기회를 주마."

마치 어제 본 사이인 것처럼 친근하면서도, 거절할 거라는 생각을 전혀 하지 않은 확신에 찬 목소리가 흘러나왔다.
맹학교를 졸업하고 유학을 떠난 친구였다.

'난 모든 장르의 노래를 불러 볼 거야.'

노래방에서 했던 친구의 말이 떠올랐다.
어찌나 반갑던지, 통화의 절반은 우리들의 웃음소리로 채워졌다. 축가까지 미리 정해서 나에게 통보한 그 친구는 역시 호탕하게 살고 있었다.

친구의 결혼식이 열리는 날, 유리상자의 〈신부에게〉를 자다가도 부를 수 있을 만큼 익숙한 전주에 맞춰 최선을 다해 불렀다.

"와 줘서 고맙다. 노래 멋졌어!"

친구의 칭찬이 나를 춤추게 했다. 그 누구의 칭찬보다 값지고 의미 있었다.

어린 시절을 함께했던 친구, 유학을 떠났던 친구가 멋있게 성장하여 내 앞에 서 있다는 사실이 꿈만 같았다.

"너야말로 진짜 멋지게 사는 거 같은데?"

소소하게 이어지는 기쁨

...

친구의 결혼식 이후로 축가 요청이 줄을 이었다.

친구들의 친구까지 축가를 불러 달라며 나에게 연락을 해 왔다. 내색은 안 했지만 나는 유독 축가를 부를 때 즐거움을 느낀다. 그 특별한 순간, 사람들의 기대와 설렘, 그리고 무엇보다 행복한 기운을 가득 받으며 노래를 부를 수 있기 때문이다.

축가 무대의 공기는 매번 신선하게 다가왔다. 공연장과는 달리, 식장의 무대는 객석을 가까이 두고 있기 때문이다. 그래서 그 생생한 분위기가 더욱 선명하게 느껴졌다.

신랑 신부의 행복한 미소, 청중의 감동적인 박수, 그리고 그 순간들을 기록하는 카메라의 빛깔, 이 모든 것들이 나에게는 생생하게 전해졌다.

축가 무대를 이어 나갈수록, 노래에 대한 철학과 자신감이 점점 커져 갔다. 나는 노래를 통해 사람들의 감정을 전달하고, 행복한 순간을 더욱 빛내 주는 중요한 역할을 하는 것을 깨달았다.

누가 나에게 삶의 목표가 무엇이냐고 묻는다면 논리정연하게 대답해 주기는 어렵지만, 아마 축가를 부를 때의 기쁨 같은 것이라고 대답할 수 있을 것이다.

한번은 축가 자리에 지각한 일이 있었다. 예식장에 제시간에 도착했음에도 불구하고, 아무리 둘러봐도 내가 알고 있는 신랑과 신부의 이름이 보이지 않았다. 그 순간, 다급하게 나를 찾는 전화가 걸려 왔다.

"형 어디야? 왜 이리 늦어?"
"도대체 몇 호실이야? 신랑 이름이 안 보여."
"나 입구에서 계속 기다리고 있었는데?"
"그럼 입구로 다시 내려갈게."

그런데 건물 입구로 다시 내려가도 여전히 길이 어긋났다. 시간은 계속 흘러가고, 나는 긴장감 속에서 한참을 우왕좌왕했다.

"저, 혹시 맞은편 예식장으로 가셔야 되는 거 아닌가요?"

결국 나를 지켜보던 안내원에 의해 다른 예식장으로 가야 한다는 걸 알게 되었다. 한 지역에 서로 다른 예식장이 이렇게 가까이 붙어

있을 줄이야. 헐레벌떡 그곳으로 도착해서 숨을 고르고, 마이크를 건네받았다.

"사실은 제가 맞은편 예식장으로 착각해서 방금 도착했습니다. 죄송합니다. 최선을 다해 노래하겠습니다."

늦었으니 두 곡을 부르라는 사회자의 대처에 하객들은 웃음과 함께 따뜻한 박수로 응답해 주었다. 결혼식장은 여유로움과 웃음으로 가득 차 있었다. 사람들의 관대한 마음 덕분에 냉탕과 온탕을 오고간 하루가 무사히 지나갔다.

또 한번은 집안 어르신의 칠순 잔치에서 억지로 발라드 노래를 부른 적이 있었다. 정말 완벽하게 어울리지 않는 조합이었다.

그러나 예상치 못한 풍경이 펼쳐졌다. 어르신들이 내 노래를 트로트처럼 따라부르셨는데, 그 박자가 너무 기묘하게 맞아떨어져서 자꾸 폭소가 터졌다. 내가 제대로 노래를 못 부르고 숨넘어갈 듯이 웃어 대자 집안 어르신들이 한마디씩 하셨다.

"국환이 재는 왜 저렇게 웃어 댄데."

"냅둬. 울상보다는 이쁘잖어."

"야 국환아! 숨넘어가겄다. 노래만 하던지 웃던지 하나만 햐."

"쟤도 술 어지간히 마셨나 보네."

겨우 한 곡을 마치고 마이크를 놓았는데 여기저기서 앵콜을 외치셨다.

"이제 우리가 아는 노래 좀 불러 봐라."
"뭔 노랜지 우는 소리만 듣느라 혼났다야."

그날 잘 부르지도 못하는 트로트를 연달아 열창하느라 기운이 다 빠져 버렸다. 하지만 내 노래에 흥겨워하는 집안 어르신들의 모습에 나는 다시금 노래하는 것이 얼마나 큰 축복인지 깨달았다.

내가 부르는 노래로 인해 웃음과 행복이 넘치는 그 순간, 나는 노래를 사랑할 수밖에 없다고 다시 한 번 생각했다.

모든 감정을 간직하며

…

아름다운 노래를 부르고 싶은 만큼, 아름다운 노래를 만들고 싶다는 마음도 크다. 매년 수많은 노래가 발표되는 상황에서 나는 소위 히트치는 노래를 만들 자신은 없었다.

하지만 그 많은 노래에서 나의 생각이 담긴 노래는 단 하나뿐이라는 사실이 나를 설레게 했다. 그 설레임 덕분에 몇 시간이고 작업실에 틀어박힐 수 있었다.

그러나 가끔은 매너리즘이 찾아온다. 그럴 때면 난 무작정 밖으로 나와 맹학교를 찾아가곤 한다. 혹시 아는 사람을 만날까 봐 왠지 쑥스러운 마음에 학교 근처를 맴도는 게 전부지만 그것만으로 나는 안락한 기분을 느낀다.

'지금 학교에 다니는 아이들은 어떤 친구들일까?', '그때 선생님은 아직 계실까?'라는 생각에 잠기며 어린 시절 친구들과 함께 노래방을 찾아 즐거운 시간을 보냈던 그 모습들을 다시 떠올린다.

어느 날은 어린 시절 살았던 동네를 찾아간 적이 있다. 옛 골목길을 따라 지형을 느끼며 걷다 보면 마치 정지된 시간 속 공간에 들어온 기분이 든다. 옛날 집이 있던 자리에 아파트가 들어서 있음을 알게 되었을 때 쓸쓸함과 서글픔이 밀려왔다.

'여기가 바로 내가 살았던 곳인데… 이제는 사라져 버렸구나!'라는 생각에 전에 느껴 보지 못했던 감정들이 찾아와 나는 그 자리에서 한참을 멍하니 서 있었다.

"무엇을 찾고 계세요? 도와드릴까요."

"아, 아닙니다. 뭘 좀 생각하는 중이라서요."

지나가는 아주머니가 말을 걸어 왔고, 아주머니의 어린 딸이 제 엄마에게 보챘다.

"엄마, 집에 가서 카레 해 줘."

"그래 슈퍼부터 들러야겠네. 대신 당근도 잘 먹어야 해."

모녀의 대화를 듣고 나에게도 다시 돌아갈 집이 있다는 사실을 자각했다. 낯선 건물로 인한 상실감이 알 수 없는 안도감으로 바뀌는 순간이다. 그럼에도 불구하고 마음속의 쓸쓸함은 그대로 남아 있었다.

나는 노래를 위해 모든 감정을 간직하려 한다. 그러나 때때로 내 안에 깔린 고독과 쓸쓸함이 너무도 부담스러워질 때가 있다. 그럴 때마다 나는 유쾌한 사람들과 시간을 보내며 감정의 균형을 맞춰 가려 한다. 사람들과의 웃음 가득한 순간들, 즐거움을 나누는 시간들은 또 다른 감정의 동력이 된다. 매번 새로운 감정들을 간직하며 나는 노래에 그 감정들을 싣는다.

점점 나이를 먹어 가는 기분 탓일까, 수백 번을 들었을 노래가 어느 날은 다르게 느껴지기도 한다. 리듬 하나하나가 시간의 조각처럼 느껴질 때가 있다. 그 곡을 처음으로 들었던 나이가 떠오르고, 그때의 나와 현재의 나를 비교하곤 한다. 벌써 시간이 이렇게나 흘렀다는 것에 놀라기도 하고, 그 곡을 부른 가수는 지금 몇 살이 되었을지를 생각해 본다. 그리고 새삼 음악을 가까이에 두고 살고 있다는 점에 안도감을 느낀다.

내가 음악을 체험하는 것은 마치 어린아이가 처음 접하는 사물을 만지며 새로운 감각을 느끼는 것과 비슷하다. 음악의 생동감과 그 안에 숨겨진 의미를 찾아가는 과정은 감성적인 여행과도 같다.

내 손에 잡힌 각각의 노래들이 내 인생에 어떤 의미를 불어넣고, 어떤 감정을 이끌어 내는지를 말해 보고 싶다.

하고 싶었던 음악-〈부지런히 게으르게〉

2016년 비전지원사업 '꿈꾸는 아이들' 여름캠프
“ 배우고, 도전하고, 함께하는 우리들! ”
주최 | 월드비전 경남지역본부 일시 | 2016년 8월 8일 ~ 10일 장소 | 서울대학교, 용인현대인재개발원
파트너십기관 |
KORG

이 곡만큼 내 기분을 잘 표현한 노래가 있을까.

시각장애인 친구들과 손을 잡고, 우리는 서로의 이야기를 나누며 이 곡을 만들었다. '일상의 단순함을 그대로 이야기해 보자.'라는 생각에서 출발하여, 우리는 삶의 반복적인 성질과 규칙성을 고스란히 노래에 담으려고 노력했다. 일상이라는 주제로, 담담한 현실을 설명하라는 마음으로 접근했다. 제각각인 인생이지만 모두 의미 있는 시간으로 가득 차 있으니까.

설레는 첫 앨범-〈안 보여〉

내게 이 곡의 의미는 남다르다. 나만의 노래로 방송 무대에 서 보고 싶다는 꿈을 이루어 주었기 때문이다.

노래 제목을 보고 개인적인 경험이 담긴 곡이라고 추측하는 사람도 있었지만 사실 이 곡은 사랑에 대한 더 포괄적인 메시지를 담고 있다.

연인들의 순수한 사랑을 노래하고 있지만, 나는 이 노래를 부를 때마다 여러 사람들의 얼굴을 떠올렸다. 부모님, 학창 시절의 친구들, 고마운 선생님들, 그리고 교회의 형제자매들. 내 마음속 깊은 곳에 각기 다른 이유로 자리 잡은 이들을 향해 이 노래를 불렀다. 나의 감정을 가장 진심어린 방식으로 전달하고 싶었다. 이 노래는 그들을 향한 내 마음의 대변자였다. 그들을 향한 내 애착을 그렇게나마 표현하고 싶었다.

점자 메시지-〈썼다 지웠다〉

많은 시각장애인들은 손가락 끝으로 세상을 읽어 간다. 그들의 세계는 점자로 이루어진 작은 돌기들 속에서 펼쳐진다. 이 돌기 하나하나를 짚어 가며, 그들은 세상의 다양한 감각과 감정을 체험하고, 미묘한 설레임까지 느낀다. 이 곡은 그런 고요하면서도 열정적인 감정의 세계가 유쾌한 리듬 속에 담겨 있다. 연인에게 점자편지로 고백하는 시각장애인의 마음이 표현된 곡이다.

사랑을 손가락 끝으로 읽어 내는 방식, 그리고 그 과정에서 느끼는 섬세한 감정까지도 재현하고자 노력했다. 나는 이 노래를 점자를 사용하는 모든 사람들을 위해 부른다. 점자를 사용하는 사람들에게, 그리고 점자를 통해 세상을 경험하는 모든 사람들에게 바치는 노래이다. 그들의 세상을 이해하고, 그들이 느끼는 사랑의 아름다움을 공감하길 바라며….

내가 빛진 노래-〈심장이 없어〉

사람들의 관심을 받게 해 준 고마운 노래다.

그냥 웃자라고 다짐하는 가사가 좋았다. 그냥 하자, 그냥 일어서자, 그냥 받아들이자. 나는 늘 이렇게 삶을 마주했다. 가끔 우울한 감정이 찾아올 때면 난 어김없이 이 노래를 들었다. 노래에서 애달파하는 감정이 고스란히 전달됐지만, 듣다 보면 삶이란 게 원래 그렇다고 초연한 생각이 든다. 일상과 외로움 사이에서 번민에 뒤척일 때도 이 곡은 언제나 위로가 되어 주었다.

해 주고 싶은 말-<이젠 나만 믿어요>

스페셜K 본선에서 이 곡을 불렀다.

삶이라는 불확실한 무대에서 무기력감과 부족함을 느끼는 사람들이, 이 노래를 들어줬으면 했다. 무대 준비를 하는 동안, 나는 한 가지를 결심했다. 이 곡의 선율과 가사, 그리고 그 뒤에 숨겨진 진실과 감동을 세상에 전하자는 것이었다.

노래는 나의 목소리, 나의 감정, 나의 이야기를 가장 진심어린 방식으로 전달하는 도구였다. 그런데 무대에 오르면 항상 마주하게 되는 불안감이 있었다. 목 상태가 완벽하지 않을까, 관객들이 나의 노래에 반응하지 않을까, 그리고 가장 중요한 것은 나 자신이 충분히 표현할 수 있을까 하는 고민들. 이런 불안과 걱정들이 나를 위축시키려 했지만, 그럴 때마다 나는 스스로에게 관대해지자고 마음을 먹었다.

나는 나에게 스스로 용기를 내주기로 했다. '이 불안함이 있어도 괜찮아. 내가 할 수 있다.'라고 스스로에게 다독였다. 지금도 간혹 불안감과 걱정이 마음을 흔들 때마다 조용히 이 노래를 읊조리곤 한다. 그러면 어느새 마음이 차분해지고, 다시금 기운이 채워진다. 이 노래는 시간이 흘러도 나에게 변하지 않는 힘이 되어 줄 것이다.

아름다운 기억- <동화 속처럼>

어린 시절은 마치 동화 속 세상과도 같이, 신비롭고 아름답게 기억 속에 간직되어 있다. 그 시절의 만남들은 대부분 우연이었지만,

그 어떤 것들도 의미 없는 일들이 아니라 행복한 경험들로 남아 있다. 가슴 시렸던 실연의 기억까지도 지금 생각하면 미소를 머금게 한다.

성인의 세계로 첫발을 디디며, 사랑스럽게 간직했던 그 기억들을 조금씩 뒤로하고, 낯선 여행의 시작점에 선 느낌은 말로 표현할 수 없이 복잡했다. 거기엔 두근거리는 기대감과 떨리는 설렘, 그리고 어딘가 불안하게 달래기 어려운 두려움까지 섞여 있었다.

이 곳은 나에게 그런 특별한 시점을 상기시킨다. 동화처럼 아름답고 행복한 결말을 꿈꾸며, 언젠가 그렇게 될 수 있을 것이라는 희망을 간직하게 된다. 언젠가는 다시 동화의 주인공처럼, 아름다운 결말을 그려 나가며.

약점을 감추기만 했던 나-〈할 수 있다〉

내 마음속에서는 항상 약한 모습이 드러나는 것을 꺼려 왔다. 동정적인 시선에 대해서 본능적으로 강한 거부감을 갖고 있기 때문이다. 그런데 진정 강함이란 무엇일까? 꼭 불굴의 의지, 끈질긴 인내와 같은 모습만은 아닐 것이다. 나는 종종 나 자신이 약하다고 느껴진다. 그 약함은 고립감이나 두려움, 나를 숨기려는 충동으로 나타난다. 그래서 나는 더욱 이상적인, 순수하고 강력한 모습을 보여 주려고 노력했다. 하지만 그 과정에서 나는 중요한 사실을 깨달았다.

진정 강한 사람은 자신의 취약함을 인정하고, 그 앞에서 두려움을 느끼지 않는 사람이다. 모든 사람이 겪는 실패, 실수, 약점. 나 역

시 그렇다는 것을 이 노래를 통해 고백하고 있다. 이 노래는 그런 나의 약점을 인정하고 받아들이며, 그것을 통해 나 자신을 더욱 사랑하는 방법을 찾겠다는 고백이다.

장애인이 직면한 일상-〈네 바퀴의 꿈〉

'볼 수 없기에 꿈은 만져야 해.'

나 스스로에게 되뇌이고 있다. 장애를 가진 사람들이 겪는 어려움과 꿈을 노래하며 다른 방법으로 세상을 느끼고 이해하라는 메시지를 전해 주고 싶었다. 우리는 다른 방식으로 세상을 느끼고 이해하며, 어쩌면 더 풍요로운 삶을 살아갈 수 있다. 외로움이나 슬픔을 헤쳐 나가다 보면, 세상이 우리들 각각을 위해 존재한다는 사실을 깨닫게 된다. 때로는 삶이 힘들고 어두울 수 있다는 사실을 인정한다.

그러나 결국은 우리의 희망과 꿈이 우리의 삶을 빛나게 할 것이라 믿는다. 노래의 마지막 부분, '세상은 너를 위해 있어 내 안에 간직한 희망과 사랑이 내 삶을 빛나게 세상을 아름답게 하리라.' 이것은 늘 내가 나에게 다짐하는 말이다.

희망이 있다는 메시지-〈끝이 아니야〉

자살 예방 캠페인을 주제로 한 노래들을 부르기 시작하면서 우리들의 활동이 사회 변화를 촉진하는 도구가 될 수 있다는 점에 남다른 사명감을 가지기 시작했다. 이 노래 또한 더 블라인드 멤버의 실제 경험을 바탕으로 어둠 속에서도 희망을 찾아야 한다는 메시지를 담고 있다. 무엇이든지 끝이 있다는 생각이 우리의 마음을 흔드는 순간이 있다.

삶이 부담스러워지고, 어둠이 우리를 감쌀 때, 그 공허함과 절망감은 우리를 깊이 끌어들인다. 그런 어두운 순간에도 희망이 있다는 메시지를 전달하기 위해 멤버들 모두 이 노래의 가사 하나하나에 정성을 다했다.

'눈앞이 캄캄해진다고 해도 절대 끝이 아니야!'
'그래 꿈을 꾸는 건 두 눈을 감을 때부터!'

이 노래가 전달하는 메시지가 사람들에게 잘 전달되었다면 그 자체로 큰 성공이라 생각한다.

좋은 이웃 컴퍼니

…

사람들의 관심이 한여름 햇살같이 쏟아지고 나서, 선선한 가을 날씨처럼 여유로운 시간이 찾아왔다.

각자의 분야에서 활동하는 시각장애인 지인들과 장애문화예술법인을 세웠다. 장애인 인식개선 교육이 의무화되고, 장애인예술에 대한 관심이 커지고 있던 때라 우리가 할 일이 많았다. 공공기관의 지원을 받아 문화 향유 공연을 기획하고, 공연 콘텐츠를 접목한 다양한 방식의 교육 프로그램을 시도했다. 시각장애인 청소년을 대상으로 하는 캠프를 운영하고, 장애인 인식개선을 위한 교육용 영상 제작도 활발히 했다. 대부분 처음 하는 일들이었지만 그 의미의 중요성을 알기에 멤버들 모두 정성을 쏟았다.

그중 장애인 인식개선 교육 프로그램을 기획할 때 제일 많은 고민을 했다. 단순히 단편적인 지식을 전달하는 것이 아니라 장애인에 대해 올바로 인식하고 잘못된 편견은 되돌아볼 수 있는 계기로 만

들고 싶었다.

비장애인 학생들을 대상으로 하는 교육은 더욱 어려운 점이 있었다. 스마트폰에 재미있는 게임과 영상이 넘쳐나는 시대에서 학생들에게 장애 인식개선 교육에 관심을 두도록 하는 것이 여간 힘든 일이 아니었다. 다행히 준비한 무대 공연이 시작되자 학생들도 흥미를 보이며 호응해 주었다.

"비가 쏟아지는 날, 한 손에는 우산, 또 한 손에는 무거운 가방을 들고 버스에 힘겹게 탔는데, 바닥이 미끄러워 금방이라도 넘어질 거 같아요."

불편한 상황을 담은 영상을 보여 주며 일상생활 속 장애인이 겪는 어려움을 전달하려고 노력했다. 학생들의 집중도가 떨어질 무렵에는 시각장애인 안내견의 영상을 보여 주고, 장애인을 대하는 올바른 태도에 대해 퀴즈를 내 가며 차례로 순서를 진행해 나갔다. 교육 시간이 끝날 무렵 한 무리의 남학생들이 내게 찾아왔다.

"선생님, 얘 가수 되고 싶대요."

정작 당사자는 쭈뼛쭈뼛 말을 못하고 몸을 꼬고 서 있는데, 나는 아이들이 먼저 다가와 줘서 고맙다는 생각이 먼저 들었다.

"어떤 노래를 제일 좋아하니?"

한참 동안 그 아이들과 이야기를 나눴다. 우리의 진심이 학생들에게 얼마나 전달되었을까. 교육도 교육이지만 학생들이 우리들과 소통한 경험을 오래 간직하기를 바랐다.

교육을 끝내고 돌아오는 길. 우리들은 여력이 되는 데까지 장애인 인식개선 교육을 해 보자고 다짐했다.

또 더 많이 공연하고 대중들과 만나자고 약속했다.

장애예술인이 대중들과 친숙해질수록, 지금보다 더 많은 공감과 이해를 불러올 것을 믿기 때문이다.

나의 아내

...

가까운 동료 사이였던 아내, 아내와의 결혼 소식을 알리자, 주위 사람들은 깜짝 놀라다가도 곧바로 수긍했다. 연애 생활이 너무 조용해서 결혼 소식이 급작스럽다는 반응이 있었지만 워낙 두 사람이 잘 어울려서 언제 결혼하나 궁금했다고 한다.

아내와 나는 서로를 너무나 소중히 여겼기에 가정을 이루는 과정 하나하나를 조심히 밟아 나갔다.

나와 아내는 같은 미래를 꿈꾸고 있었다. 화목한 가정, 안락한 보금자리, 행복하게 자랄 아이들…

아내는 내 옆에서 언제나 조용히 머물고 있었다. 서로 마음이 잘 맞기도 했지만 결혼 전부터 나의 일상을 도와주고 있었기에 이미 부부나 다름없었다.

하지만 상견례를 며칠 앞두고는 평온한 마음이 깨지고, 긴장이 되

었다. 아내는 내가 불안해하는 모습을 알아차렸다.

"국환 씨, 부모님들이 궁금해할 만한 거, 아마 우리에 대한 세세한 질문들이 많을 거야. 그리고 우리 결혼 생활에 대한 계획도 얘기하면 좋을 것 같아."

"어어… 그래!"

"왜 이렇게 긴장하고 있어."

"그러게 역시 떨리네."

"국환 씨가 대답해야 할 거, 내가 대답해야 할 거 각자 준비하고 미리 이야기해 보자."

"그래 좋아. 궁금하신 게 많으시겠지?"

"아니."

"궁금하신 게 없다고?"

"사실은… 내가 집에서 매일 이야기해서 우리 부모님은 국환 씨에 대해 모르는 게 없으실 거 같아. 말하다가 막히면 그냥 밥만 맛있게 먹어. 나머지는 내가 다 알아서 할게."

아내는 상견례가 시작되자마자 우리 두 사람이 많이 긴장하고 있으니 이해해 달라는 말을 선언문처럼 말씀드렸다.

아내 덕분에 상견례는 내내 편한 분위기가 유지되었다.

상견례를 마치고 아내에게 고맙다는 말을 하기가 조금 쑥스러웠다.

"국환 씨, 나 오늘 잘했지? 고맙지?"

"나야 늘 고맙지. 너무너무…."

늘 나에게 부담감을 주지 않으려고 하는 아내, 평생 동안 아내에게 잘해야 할 이유가 많았지만, 아내는 매번 새로운 이유를 만들어 냈다.

아이들과의 만남

···

아내를 쏙 빼닮은 첫 아이가 태어났다. 아내의 임신 소식을 들었을 때만 해도 아이가 태어난다는 것이 와닿지가 않았다. 출산 직전까지도 '내가 정말 아빠가 되는 건가?' 어리둥절한 기분이었다.

병원 복도 대기실 의자에서 아내의 출산을 기다렸다. 그 시간은 마치 미지의 세계에 들어서는 심정이었다. 장비 없이 바닷속 다이빙 체험을 한다면 이런 기분일까 싶었다.

아이가 태어나 품에 안게 된 순간에는 다른 세상이 펼쳐졌다.

정말 내 아이가 태어났구나, 정말 태어났구나! 내 품에 안긴 작은 생명체가 느껴지자, 오만 가지 감정이 밀려들었다. 우리 아이의 삶이 이제부터 시작된다는 생각에 가슴이 벅차올라 눈물이 핑 돌았다. 고생한 아내에게 해 주려고 했던 말을 잃어버린 채, 울지도 웃지도 못하고 아이만 안고 있었던 거 같다.

정신을 차리고 아내의 손을 어정쩡하게 잡으며 고마운 마음을 전하려 했다. 착한 아내는 오히려 내 손을 힘겹게 쥐고 피식 웃었다.

출산 후, 곧바로 현실적인 문제가 닥쳤다. 경제적 문제, 육아 문제, 산모의 건강 등 한 여자의 남편으로 한 아이의 아빠로서 해야 할 역할이 많았다. 헬스키퍼 일을 하던 때여서 일과 육아를 병행할 수 있었지만 녹록지 않았다. 아이의 울음소리에 밤새 눈을 뜨고, 아이를 안고 달래는 일상이 계속되었다.

내가 선잠이 들어 깨어나 보면 아내는 이미 일어나서 아이를 보살피고 있었다. 아이를 키우기가 이렇게 어려울 줄 누가 알았겠는가? 기저귀를 갈고, 분유를 타고, 아이를 안고, 달래고 하며 정신없는 시간을 보냈다.

시간이 쏜살같이 지나가고 어느새 둘째 아이가 태어났다. 첫 출산에서 단련이 되었다 싶었지만 둘째가 태어날 때는 첫째 아이가 또 태어나는 기분이었다. 첫째 때와 같이 잠을 설치는 육아가 반복되었지만, 육체적인 피곤함을 달게 받아들였다. 무럭무럭 자라는 아이들의 모습은 내 마음을 넉넉하게 해 주었기 때문이다. 물론 이 모든 것은 아내가 있었기에 가능했다. 아내는 훨씬 많은 고생을 하며 가족들에게 헌신했다.

나는 딸딸이 아빠가 되었다. 우리 집에는 여자가 셋이어서 내 귀를 즐겁게 해 준다.

짹짹 짹짹 짹짹… 나에게는 가장 아름다운 노래이다.

아이들의 아빠로

• • •

아이들이 자라 어느덧 초등학교에 다니고 있다. 아침 시간에는 아이들의 소리로 가득하다. 투정들, 엉뚱한 질문들, 꿈 꾼 이야기… 여기에 아내의 잔소리가 더해져 집안은 온기를 내뿜는다.

나는 시간이 될 때마다 아이들의 등하교를 함께한다. 아이들은 산만하게 길을 걷다가 알 수 없는 노래를 흥얼거릴 때가 많다. 그러다가 한 발 뒤에 따라 걷는 나를 보고 방긋 웃고 손을 잡고 칭얼댄다. 나는 이 순간들을 잊지 말아야겠다고 다짐한다.

어느 봄날 학교에서 딸들과 함께 집으로 돌아오는 길, 아이들이 자기들만 아는 노래를 흥얼거렸다. 나도 아이들의 리듬에 맞춰 즉흥적으로 콧노래를 불렀더니 아이들은 자기들의 노래를 따라 부르는지 알고 좋아했다.

"아빠도 이 노래 알아?"

"아빠는 처음 듣는 노래인데, 어디서 들어 본 거 같네!"
"우리 학교에서 이 노래 잘 부르는 애가 있는데, 선생님이 잘 부른다고 칭찬했어."

나는 가만히 둘째 아이가 하는 이야기를 들어주었다. 아이들은 자신의 이야기에 귀를 기울여 주면 신이 나서 이야기 보따리를 풀어낸다.

"언니도 칭찬받으려고 계속 이 노래만 불러."

작은아이가 언니의 책가방에서 음악책을 꺼내 펼치며 보여 주려고 하다가 이내 책을 다시 집어넣었다. 나는 아이의 행동을 알아채고 얼른 대답해 주었다.

"아빠는 음악 책 안 보고 듣기만 해도 돼. 들으면 따라 부를 수 있어. 한번 계속 불러 보겠니?"
"정말?"
"그럼 아빠는 음악가인데?"

작은아이는 아빠가 앞을 보지 못한다는 사실을 깜빡할 때가 있다. 아마 큰아이가 동생에게 책을 넣으라고 눈짓을 했을 것이다. 나는 아이들의 마음이 느껴져 아빠는 음악가라고 자랑을 했다.

"응 아빠, 이 노래는 친구가 되는 멋진 방법이야."
"친구가 되는 멋진 방법? 제목이 멋지네!"
"응, 그런데 언니가 가사를 마음대로 바꿔 불러."

어쩜 어릴 적 나를 이렇게 닮았을까. 자식은 부모를 닮으며 부모보다 더 멋있는 사람이 되기를 바라는 것이 모든 부모의 바람일 것이다.

"가사를 바꿔서 부르는 건 쉬운 게 아닌데 대단하구나."

아이들이 쾌활하게 노래를 부를 때 나는 재빨리 동요 제목을 검색해 본다.

- 첫 번째로 인사하기 친구 얘기 들어주기 두 번째
세 번째엔 진심으로 맞장구치기 그래그래
그다음엔 시작하는 나의 이야기는 네 번째
하고픈 말 빨리하고 싶지만 조금만 기다려요
하하하하 눈빛 웃음 주고 그래그래 마음 깊이 이해하고. -

참 동요다운 가사이다. 반복되는 리듬을 예상하며 다음 가사를 함께 부르니 아이들은 자기 아빠가 함께 노래를 불러 준다며 신나 했다.

- 맞아 맞아 진심으로 나누다 보면
정말 정말 내 친구가 된 것 같은 느낌이 가득
친구가 되는 제일 멋진 방법은 마음으로 이해하기
랄랄랄라 한 걸음 랄라랄라 두 걸음
마음으로 들어주기가 제일이에요. -

"우리 내일 또 부르자. 매일매일 한 곡씩."
"좋아 좋아. 맨날맨날 노래 불러!"

아이들은 아빠를 닮아 쑥스러움을 많이 탄다. 친척들 앞에서는 엄마 뒤에 숨느라 바쁜데 아빠 앞에서는 활달한 모습을 보여 줘서 고마울 뿐이다. 나중에 아이들이 더 자라서 아빠가 부른 노래에 관심을 가져 준다면, 그것도 참 멋진 일이 될 것 같다.

그때를 위해서 좋은 노래를 많이 불러야겠다.

집안 행사 때 친척 어른 중에는 벌써부터 아이들의 진로를 묻는 분들이 계신다.

그럴 때마다 나는 어른들이 원하는 답변을 하지 않는다. 아이들이 행복하게 살 수 있는 길이라면 어떠한 것이라도 응원하고 지지할 것이다. 세상의 관점에서 좋아 보이는 직업이나 가치에 연연하지 않으려 한다. 결과에서 행복을 찾기보다는, 과정에 이르는 길 하나하나에서 행복을 느끼는 삶이 되길 바랄 뿐이다.

일상의 행복

...

프리랜서로 일했을 당시 내 생활과 수입은 불규칙했다. 나는 한동안 경제적인 문제로 고민하며 의기소침한 적이 있었다. 눈치 빠른 아내는 평온한 가정을 위해서라며, 나의 역할을 늘려 주었다.

맞벌이하는 아내가 출근 준비를 하는 아침 시간에 나는 아이들의 밥을 챙기고, 등교 준비를 맡았다. 아이들이 학교에 있을 시간 동안은 예약된 안마사 일을 하고, 일이 끝나면 지인의 작업실에 들러 곡 작업을 도와주거나 노래 연습을 했다.

아이들이 학교에서 돌아올 오후 시간이 되면 집에서 숙제를 봐주거나 간식을 만들어 주는 것도 내 역할이 되었다. 아내가 퇴근하면 아침에 만들어 놓은 반찬으로 함께 간단하게 식사를 하고, 그 이후부터 본격적인 집안일이 시작된다. 빨래, 설거지, 청소 등 집안일은 함께하는 것이라 어렸을 때부터 아이들에게 교육했기 때문에 큰아이는 청소기를 돌리고 작은아이는 빨래 개는 것에 익숙했다. 그렇게 모든 가족이 집안일을 하고 나면 자유 시간이 주어진다. 그때 나는 아내와 많은 대화를 나눈다.

"여보 미안해."

집안일과 육아와 일을 조금씩 골고루 맡으며, 내 작업까지 병행하는 내가 안쓰럽다고 생각했는지 아내는 넌지시 미안하다고 말하곤 했다.

"내가 더 미안하지."

나는 진심으로 아내가 나에게 미안한 마음을 가지지 않았으면 했다. 아내는 월요일부터 금요일까지 내내 회사 일에 매달리고 있는 상황이다. 지금 내가 아내에게, 아이들에게 해 줄 수 있는 최선이 이것뿐이라 오히려 더 미안할 따름이었다.

"내가 더 잘할게. 월요병 같은 거 안 생길 수 있을 때까지."

내가 아내에게 해 줄 수 있는 말은 그것뿐이었지만 말뿐인 말은 아니었다. 언젠간 당신의 고단함을 덜어줄 수 있는 사람이 되겠다고 다짐했다. 더 좋은 아빠, 더 좋은 남편이 되어 단단한 울타리가 되어 주겠다고, 그 울타리 안에서 하고 싶은 것들을 다 할 수 있는 상황을 만들어 주겠다고 마음속으로 다짐하고 또 다짐했다.

"자기는 충분히 잘하고 있어."

내가 정말 행복한 사람이라는 것을 절감한다. 아내는 지친 일상에서도 나를 생각하며 오히려 미안함을 느끼는 사람이라서 오늘도, 또 내일도 소소한 행복 안에 살 수 있다는 확신을 갖고 나의 아내와 나의 아이들에게 감사한다.

우리 가족에게는 우리만의 '의식' 같은 것이 있다. 영어로 리추얼(ritual) 즉 의례 같은 것이다. 쉽게 말하면 독특한 가족 문화이다.

- 좋은 아침, 기대되는 아침, 편안한 저녁을 맞이하기 전의 아침. -

그날그날 바뀌는 가사에 즉흥적으로 리듬을 붙여 부르면 아이들은 곧장 따라 부른다. 졸린 눈으로 겨우 이부자리에서 일어나면서도 반사적으로 입에서는 짧은 노래가 흘러나온다.

언젠가 책에서 '가족들만의 리추얼이 있으면 가정이 돈독해진다.'는 글귀를 본 적이 있어서 내가 시작하였다.

"어제 안 좋은 일이 있었어도 노래 부르면서 일어나면 기분이 좋아."

친구와 싸워 울면서 잠에 들었던 큰아이가 아침밥을 먹으며 나에게 말했다.

“그래서 아빠가 이 노래를 만든 거야. 노래는 기분을 바꿔 주는 힘이 있거든.”

“정말 그런 거 같아. 아빠 천재야?”

아이의 말에 나는 웃으며 생각했다. 이래서 내가 노래하는 사람이 된 것이 아닐까.

대부분 사람들의 하루는 아침에 눈을 뜨면서 시작된다. 그리고 아침을 맞이하는 기분에 따라 하루가 결정되기도 한다.

그래서 나는 내일 아침 아이들에게 들려줄 노랫말을 매일 흥얼거린다.

- 오늘은 기대되는 날, 고단함보다는 소소한 기쁨이 많을 날, 평안한 저녁을 누릴 수 있을 날. -

의미 있는 직업들

...

대중음악 분야의 실연자로 생업을 잇기는 쉽지 않다. 몸소 체험한 사실이다.

처음 음악 분야에 발을 디딜 때는 시각장애를 핸디캡으로 인식하는 사람이 많았다.

하지만 시각장애인으로 살기 때문에 오히려 예술 활동을 지속할 수 있었다고 생각한다. 내가 바라는 건 스포트라이트를 받는 연예인의 삶이 아니라 노래하는 인생 그 자체이기 때문이다.

맹학교에서 배운 안마 기술은 나에게 수입을 가져다 준다. 욕심을 부리지만 않는다면 먹고살 만한 수준이다.

한동안은 헬스키퍼로 일을 했었다. 헬스키퍼는 기업에서 직원 복지를 위해 고용한 안마사를 지칭하는데, 헬스키퍼를 채용하게 되면 장애인의무고용 인원에 포함된다. 때문에 계약직이긴 했지만 비교적 상시 채용이 많아서 헬스키퍼 일을 오래 할 수 있었다.

김국환 앨범

헬스키퍼를 하면서 좋은 사람들을 많이 만났다. 안마 받기를 미안해하는 사람, 부담스러울 정도로 간식을 잔뜩 안겨 주는 사람, 자신도 아이를 키우고 있다며 육아용품을 선물해 주는 사람 등등. TV에 나왔던 모습을 알아보는 사람도 있었다.

"어? 그 오디션 프로그램에 나오신 분 맞으시죠?"
"네, 오래전인데 저를 알아보시네요?"
"그럼요. 저는 국환 씨 노래 되게 좋아했어요."

내가 부른 노래 제목과 가사 첫마디가 술술 나왔다. 그분은 정말 나의 노래를 좋아했던 것이다.

"정말 감사해요. 저보다 더 잘 기억하시는 거 같아요."
"그럼 그동안 어떻게 지내셨어요. 요즘은 노래 안 부르세요?"

이렇게 헬스키퍼 일을 하며 잘 살고 있지만 정작 그분이 궁금했던 것은 가수로서의 삶이었다.

"안 부르긴요. 거의 매일 부르는 걸요?
TV에 안 나올 뿐이에요 여전히 노래를 즐기고 있습니다. 하하!"

가수는 TV에 나와야 노래를 한다고 생각하지만 가수는 죽을 때까지 노래를 부르는 사람이다. 따라서 TV에 안 나와도 가수이다. 가수가 노래를 부를 무대가 없으면 다른 일을 해야 하는 것이 현실이다.

한 장애인 복지시설에서 안마 수업 교사로 일하게 되었다. 후천적 시각장애를 가진 다양한 연령층의 사람들이 참여하는 수업이었다. 어깨가 무거웠다. 혹시 실수로 잘못된 내용을 전달하면 어쩌나 하는 걱정이 있었기 때문이다.

첫 수업 시간에 돌아가면서 자기소개를 했다. 맨 처음 자기소개를 하는 사람이 이름과 나이, 사는 곳, 언제 시각장애인이 됐는지 등을 말하고, 현재 어떤 삶을 살고 있는지, 무엇을 하고 싶은지와 안마 일을 배워야 하는 이유를 술술 이야기했다.

그러자 다음 사람도 속 깊은 이야기를 했다. 마지막 사람까지 자기소개를 마치니 한 시간이 모두 지나갔다. 질병, 사고 등 시각장애가 생긴 이유는 달랐지만 모두 고난과 어려움을 이겨 내고 삶을 재구축하고자 하는 강한 의지를 가지고 있었다.

나는 교사로서 수업을 잘 이끌어야겠다는 사명감 같은 게 느껴졌다. 학생들의 사연에 빠져 감성적인 태도를 갖지 않도록 경계했다. 정확한 안마 기술을 가르치기 위해 몸의 부위를 찾게 하고, 압력을 가하는 방법, 동작과 순서를 익히는 것 등을 꼼꼼하게 가르쳤다. 그리고 학생들의 손을 이끌며 함께 실습했다. 몸과 손을 통해

2017 전국 장애인
PyeongChang 2018

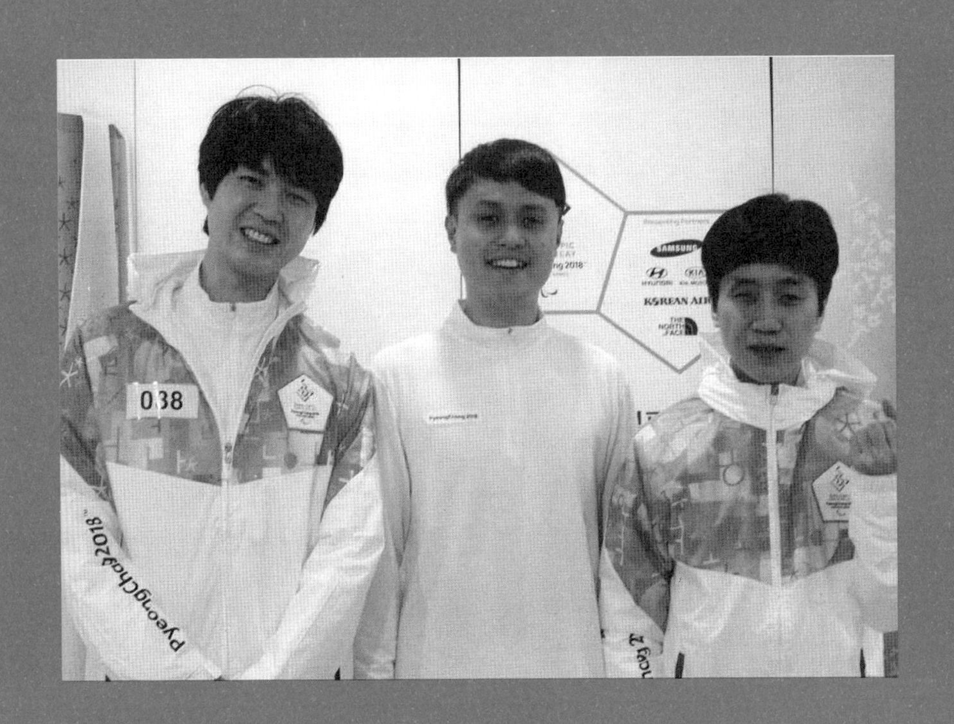
038
PyeongChang 2018
SAMSUNG
KOREAN AIR
THE NORTH FACE

상호작용을 하고, 촉감을 믿고 신체의 변화를 감지할 수 있도록 도왔다.

그러던 중 한 학생이 수업에 소극적으로 임하는 모습이 보였다. 아마 타의에 의해 억지로 수업을 시작했던 것 같았다. 나는 학생과 산책하는 시간을 가지며 대화를 나누었다.

"수업 듣는 데 어려운 점은 없나요?"
"……."

잠시 침묵이 흘렀다. 무언가 마음의 부담이 있는 것 같았다. 그 마음이 충분히 이해가 되었다. 중도에 시각장애를 갖게 되면 장애를 수용하기까지 시간이 걸린다. 수용 전 단계는 거부이다. 시각장애를 받아들이지 못해 시각장애인 전문 직종인 안마가 싫었던 것이다.

"저는 맹학교에서 안마를 배우지 않았다면, 아마 경제적으로 많이 어려웠을지도 몰라요."

학생에게 먼저 내 경험을 꺼냈다. 시각장애인들에게 안마사 자격증이 왜 필요한지, 안마사를 하면서도 다른 일을 병행할 수 있다는 점도 말해 주었다. 또 지금의 나처럼 교사가 되는 길도 있다고 말해 주었다. 학생은 내 말을 경청한 후 '잘 알겠다'는 모호한 반응을 보였다. 대화가 종결될 즈음에 학생은 한마디를 덧붙였다.

"전 아직 우울할 때가 있어요."

비교적 젊은 중도장애인의 무거운 마음이 느껴졌다. 갑자기 찾아온 장애는 인간이 감당하기에는 너무 힘든 일이라서 우울감에 빠지는 것이 당연하다.

"그런데 선생님이 저를 많이 염려해 주시는 거 같아서 기분이 한결 나아졌어요. 저도 잘해서 신경 써 주시는 마음에 보답할게요."

"이야기해 줘서 고마워요."

수업을 마치고 나면 학생들이 각자의 길을 걷고, 동료들을 돕기 위해 노력하는 모습을 상상한다. 그들은 안마사로서 자신감과 전문성을 갖게 되어 각자의 위치에서 발돋움하리라 믿는다.

나는 앞으로도 이 일을 계속하고 싶다. 중도 시각장애인들과 함께 걸어가며, 서로를 응원하고 지지하며, 삶이 더 나은 방향으로 나아갈 수 있기를 바란다.

학생들의 웃음이 어느새 나의 힘과 보람이 되어 가고 있었다.

새로운 무대를 준비하며

…

시각장애인 체험 전시장 '어둠 속의 대화'는 성공적인 장애인 일자리 사례로 손꼽힌다. 대중들에게 장애감수성을 전달하고, 창의적인 재미를 선사하니 더할나위 없이 좋은 사례인 거 같다.

그러나 장애인 일자리는 많이 부족하고, 시각장애인이 자립할 수 있는 여건은 더욱 취약하다.

하지만 장애인 당사자로서 문화예술 분야에 활동한 경험을 되돌아보니, 시각장애인에게 내재된 역량이 충분하다는 확신이 있었다.

맹학교 시절 친구들은 당시 유행했던 시트콤 대사를 따라 하며 실제 방송보다 더 웃기는 상황을 자주 보여 줬었다. 그때의 그 재능으로 유튜브 영상을 체계적으로 제작해서 누적했다면 어땠을까? 다양한 협업을 통해 다듬어 발전시켜 나가면 요즘 말로 떡상을 기대해 볼 수도 있는 일이다.

나는 시각장애인들과 함께 영화나 웹툰을 더빙하여 새로운 콘텐츠를 만드는 사업을 구상하고 있다. 발달된 청각과 다채로운 발성을 활용하여 독특한 재미와 감동을 만들어 나가려고 한다. 그렇게 해서 장애인이 새롭게 활동할 수 있는 분야를 개척하고자 한다.

방송계 지인들과 동료들에게도 자문을 받아 보았다. 현직 성우들과 작가들도 동참의 뜻을 밝혔다. 정부 보조금 지원사업에 사업계획서를 제출해 보자는 의견도 있었다. 모두 좋은 뜻을 가지고 힘을 모아 주었다.

각자의 분야에 성공한 많은 사람들이 구체적인 시행 방안을 고민해 주었다. 어떤 기관과 파트너십을 구축해야 하는지, 콘텐츠 제작과 배급을 위한 기술적인 인프라에서 중요한 점은 무엇인지, 시각장애인의 실연 능력을 개발하고 향상할 수 있는 프로그램은 어떻게 운영할 것인지, 기술적 문제를 포함한 다양하고 복잡한 문제들에 대해 새겨들었다. 그리고 이 모든 변수 사항과 실행 과정이 담긴 체계적이고 종합적인 마스터 플랜의 중요성까지 인식할 수 있었다.

성과가 생길 때까지는 많은 난관이 있겠지만 장애예술인들을 위해 이제 어려운 도전을 시작하려고 한다. 동료 장애인들에게 말해주고 싶다. 우리가 할 수 있는 일이 많으니, 부지런히 준비해 보자고….

노래를 부를 때 내면에 있는 감정들이 예고 없이 튀어나올 때가 있

김국환 앨범

김국환 앨범

다. 그것이 내 수련의 미진한 부분을 드러낸 것인지, 아니면 억지스러움 없이, 순수하게 노래를 표현하고자 하는 나의 깊은 갈망이 표출된 것인지 판단하기에는 미묘하다.

그래서 때때로 나는 나의 내면을 깊이 들여다보며 정돈을 시도한다. 힘들고 어려운 감정들까지 한데 모아 놓고 직시하면 내 안에서 아직도 서투른 감정들이 한구석에 조용히 자리 잡고 있다는 것을 발견하곤 한다.

그러나 모든 것들은 내가 더 잘 노래할 수 있게 만들어 준다. 파도처럼 밀려오는 감정들을 마주하고 나면 성장이라는 결과가 생기기 때문이다.

나는 나를 만나는 모든 이들에게 긍정적인 영향을 끼치는 사람이 되고 싶다. 과거의 나는 이미 추억 속에 남아 있고, 미래의 나는 아직 미지의 경로 위에 있다.

나는 오직 지금, 현재의 이 순간에만 집중하며 나 자신이 가장 바라는 사람이 되고자 한다.

나의 가족과 내 삶에 중요한 모든 사람들을 위해, 그리고 마지막으로 내 자신 나 스스로의 삶을 풍요롭게 만들기 위해, 내 안의 모든 감정들을 노래를 통해 나누려 한다.

새로 쓰는 이력서

...

2009년 Mnet '슈퍼스타K' 출연 당시 심사위원이었던 대형가수 이효리가 김국환의 노래를 들으며 너무나 감동하여 눈물을 흘렸다. 그 일로 김국환은 '이효리를 울린 남자'로 유명해졌다. 그 당시는 자기에게 쏟아지는 뜻밖의 관심에 어리둥절하였다고 회고했다.

2010년 김현철, 인순이, 장근석, 임태경, 김국환 등이 참여한 '꿈, 날개를 달다' 프로젝트 작품발표회가 서울 강남구 삼성동 올림푸스홀에서 열렸다. 이 앨범은 가수 겸 프로듀서 김현철이 작곡과 전체 앨범 프로듀싱을 맡았으며, 〈사랑해도 될까요〉로 유명한 심현보가 작사를 했다.

이렇게 매머드급 뮤지션들이 힘을 모아 만든 음원 판매 수익금 전액은 저소득 가구의 자녀 교육을 위해 기부되었다. 이 멋진 프로젝트에 김국환이 참여한 것은 의미 있고, 자랑스러운 일이었다.

2011년 10월 3일에 방송된 KBS 2TV 〈여유만만〉에서는 장애를 딛고 세상과 소통하는 가수 김국환, 마술사 조성진, 피아니스트 이희아, 앵커 이창훈 등이 출연해 진솔한 이야기를 털어놓았다.

그때 김국환은 '나의 어렸을 적 꿈은 노래방 사장이었다.'라고 말해 웃음이 터져나왔다. 하지만 그 말은 진심이었다. 노래를 마음껏 부를 수 있는 노래방은 그의 놀이터였고, 그의 꿈을 키우는 꿈터였고, 대회를 앞두고 연습을 할 수 있는 최상의 교육장이었다.

김국환은 남다른 가정사도 털어놓았다. 어머니가 저시력이라서 다섯 살 위인 형과 김국환은 선천성 백내장으로 시각장애가 생겼다. 그리고 아버지는 어렸을 때 넘어지면서 다친 다리가 장애로 남게 되었다. 온 가족이 장애인 문제를 갖고 살고 있지만 가족 모두 자신의 삶에 최선을 다하여 안정적인 삶을 살고 있다.

형은 특수교육을 전공하여 특수교사로 맹학교에서 근무를 하고 있다. 결혼 후 안정적인 생활을 하여 장남으로서 믿음을 주고 있다. 동생 김국환도 가수로서 이름을 알리고 TV 오디션 프로그램을 통해 실력을 인정받았다. 당시 김국환을 '한국의 스티비원더로 만들어 보고 싶다.'고 곡을 주는 작곡가도 있었다. 그래서 김국환은 자기 자신을 위해서 그리고 자신과 같은 입장에 있는 사람들을 위해서 모든 열정을 쏟았다.

하지만 그가 활동하던 2010년대는 장애예술인에 대한 이해가 부족하여 활동 무대가 점차 줄어들었다. 그러나 김국환은 항상 음악

김국환 앨범

과 관련된 일을 하였다. 시각장애인 콘텐츠를 개발하여 동영상으로 제작하여 유튜브에 올리는 일을 도맡아하였다. 장애인 인식개선 강의를 공연과 함께 기획하여 KBS 장애인앵커 1호인 이창훈은 강의를 하고, 김국환은 공연을 하면서 큰 성과를 보았다.

현재 장애인직업교육 강사로 주 40시간 근무를 하고 있지만 지금도 멋진 곡을 만들어 앨범을 내고 무대에 서는 날을 위해 가수라는 정체성을 놓지 않고 있다.

예전에 비하면 사회가 많이 발전했다. 오히려 20대에는 볼 수 없었던 것들이 디지털 기술이 발전하여 최대한 확대를 하면 흐릿하게나마 형태가 보이고, 텍스트가 바로 음성으로 변환이 되어 점역을 하지 않아도, 누가 읽어 주지 않아도 스스로 내용을 파악할 수 있다. 그래서 그는 자신감을 갖고 새로운 일에 도전할 수 있게 되었다.

더 블라인드 밴드 활동을 하며 만든 기획사 직원이던 부인은 그 누구보다 김국환을 잘 이해해 주는 지원자이며, 벌써 아홉 살, 일곱 살이 된 두 딸은 김국환의 보물이다. 가정적으로 안정이 되었기에 앞으로는 더욱 진정성 있는 활동을 할 수 있을 것이다. 게다가 요즘은 그 어느 때보다 장애예술인에 대한 인식이 높아져서 활동하기에 딱 좋은 시기가 되었다.

그래서 김국환은 심호흡을 하며 다시 무대에 서는 꿈을 꾸면서 그 날을 위해 열심히 노래를 준비하고 있다.

김국환

2006 대구대학교 국어교육과 중퇴
2003 서울맹학교 고등부 졸업
2000 서울맹학교 중학부 졸업
1997 서울맹학교 초등부 졸업

2021.12. 책쓰기 코칭지도사 2급 자격증
2021.10. 바리스타 2급 자격증
2003.02. 안마사 자격증

2019 전국장애인가요제 1위
2018 제3회 김현식가요제 3위
2018 문화체육관광부 장관상
2015 일본 골든콘서트 3위
2002 KBS장애인가요제 금상

2019 녹차, 추억만들기(김현식가요제 수상 앨범) 참여
2018 더 블라인드 '오늘도' 싱글앨범
2017 6&8 더 블라인드 자살예방캠페인 싱글앨범 2개
2016 더 블라인드, 구혜선 '썼다 지웠다' 싱글앨범
2016 2soo 싱글앨범 '사랑은 원래 잃기만 하는 것'(김국환 피처링)
2015 더 블라인드 'mine' 싱글앨범
2014 더 블라인드 아시아나항공 크리스마스 앨범
2014 더 블라인드 1집 EP앨범
2013 김국환 싱글앨범 '네바퀴의 꿈'
2012 김국환 3집 싱글앨범
2010 김국환 2집 싱글앨범
2009 김국환 1집 싱글앨범
2009 Mnet 슈퍼스타K 시즌1 출연
2004 앨범 '좋은이웃 2집'
2003 앨범 '좋은이웃 1집'

KBS 제3라디오 '내일은 푸른하늘', KBS '사랑의 가족' 출연 다수/KBS 장애인의 날 행사 출연/평창동계올림픽 성화 봉송 및 축하 공연 등